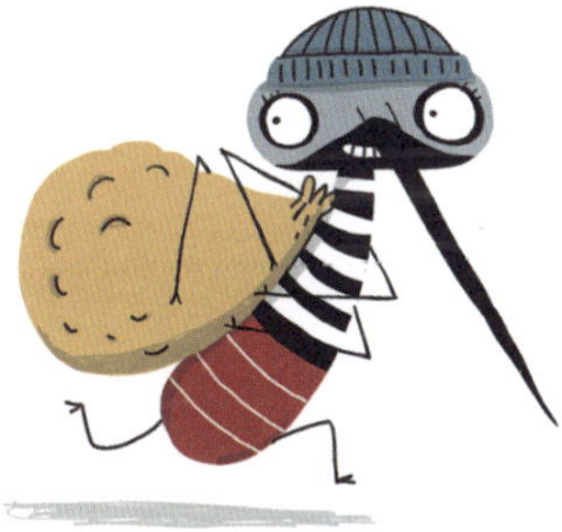

图书在版编目（CIP）数据

我恶心的动物邻居. 8，蚊子 /（加）埃莉斯·格拉韦尔著；黄丹青译. -- 西安：西安出版社，2023.4
ISBN 978-7-5541-6585-0

Ⅰ. ①我… Ⅱ. ①埃… ②黄… Ⅲ. ①儿童故事－图画故事－加拿大－现代 Ⅳ. ①I711.85

中国国家版本馆CIP数据核字（2023）第024620号
著作权合同登记号：陕版出图字25-2022-050

DISGUSTING CRITTERS:THE MOSQUITO
Text and Illustrations copyright © 2017 by Elise Gravel. All rights reserved. Simplified Chinese translation rights arranged with Painted Words Inc. through RightsMix LLC

我恶心的动物邻居 蚊子 WO EXIN DE DONGWU LINJU WENZI
[加]埃莉斯·格拉韦尔 著 黄丹青 译

图书策划 郑玉涵　　　　**责任编辑** 朱　艳
封面设计 牛　娜　　　　**特约编辑** 郭梦玉
美术编辑 张　睿　葛海姣
出版发行 西安出版社
地址 西安市曲江新区雁南五路1868号影视演艺大厦11层（邮编710061）
印刷 东莞市四季印刷有限公司
开本 787mm×1092mm 1/25 **印张** 12.8
字数 72千字
版次 2023年4月第1版
印次 2023年4月第1次印刷
书号 ISBN 978-7-5541-6585-0
定价 138.00元（共10册）

出品策划 荣信教育文化产业发展股份有限公司
网址 www.lelequ.com　　**电话** 400-848-8788
乐乐趣品牌归荣信教育文化产业发展股份有限公司独家拥有
版权所有　翻印必究

我恶心的动物邻居

[加]埃莉斯·格拉韦尔 著

黄丹青 译

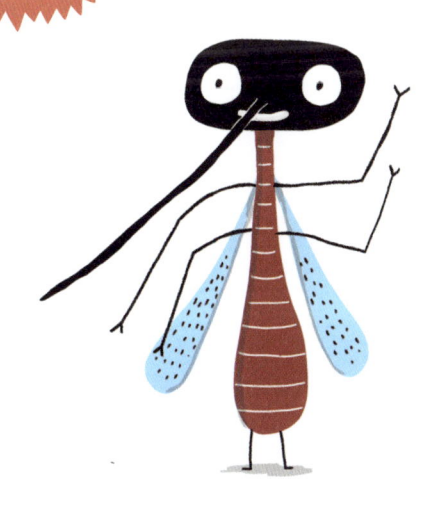

蚊子

小朋友们，请让我为你们介绍一个新朋友——

蚊子。

蚊子是最令人讨厌的昆虫之一。

嗡嗡嗡，很高兴认识你们！

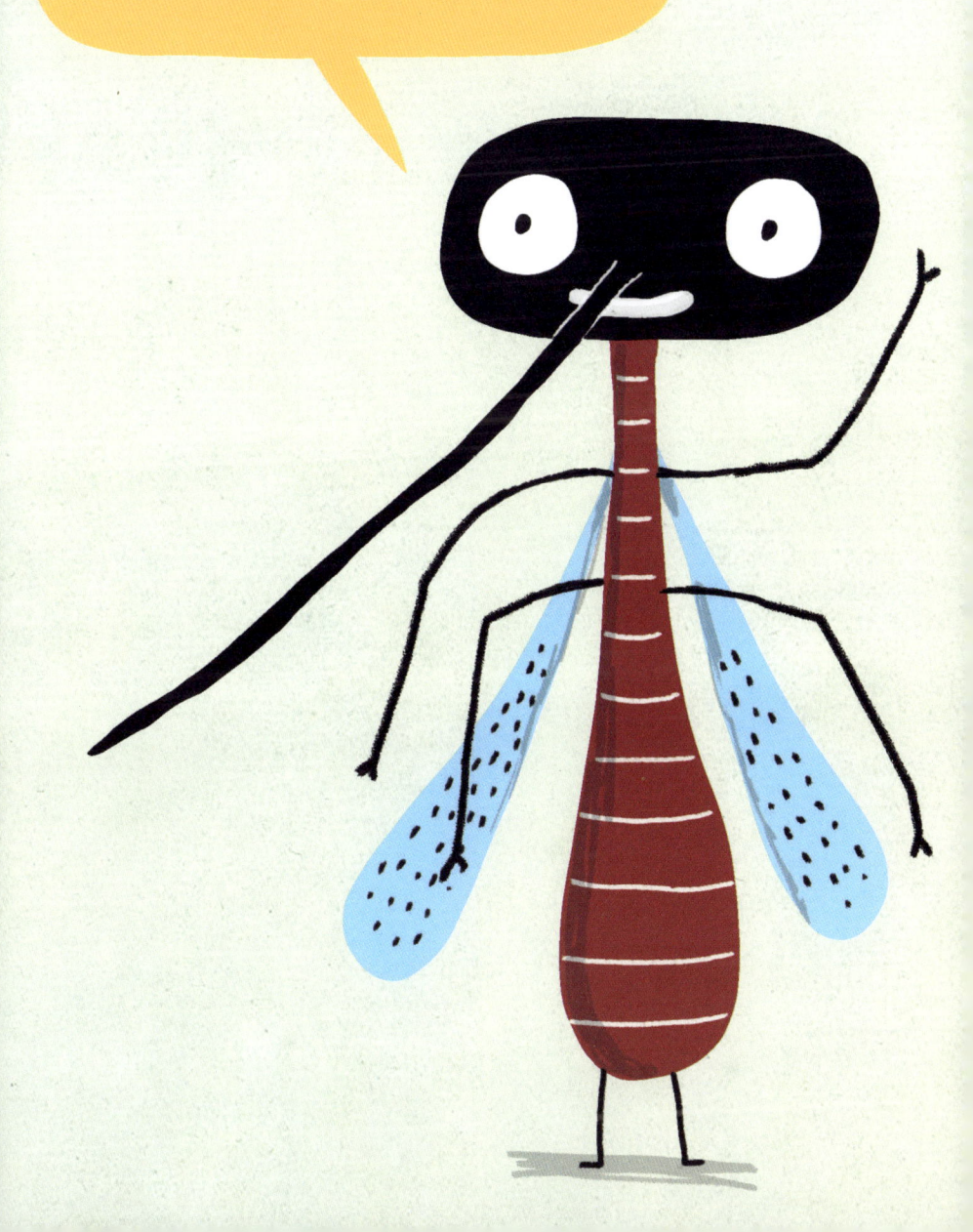

和苍蝇一样，蚊子也是双翅目昆虫。它在地球上几乎无处不在，无孔不入，非常善于

隐蔽！

Jdi pryč!
（捷克语：走开！）

Vai-te embora!
（葡萄牙语：走开！）

¡Vete!
（西班牙语：走开！）

走开！

Vattene!
（意大利语：走开！）

Убирайся!
（俄语：走开！）
Va-t'en!
（法语：走开！）
Tage væk!
（丹麦语：走开！）
Go away!
（英语：走开！）
저리 가!
（韩语：走开！）
あっち行け!
（日语：走开！）

只有雌蚊子会叮咬人，这是因为它需要吸取血液里的营养物质来

产卵。

雄蚊子则以花蜜、植物的汁液为食。

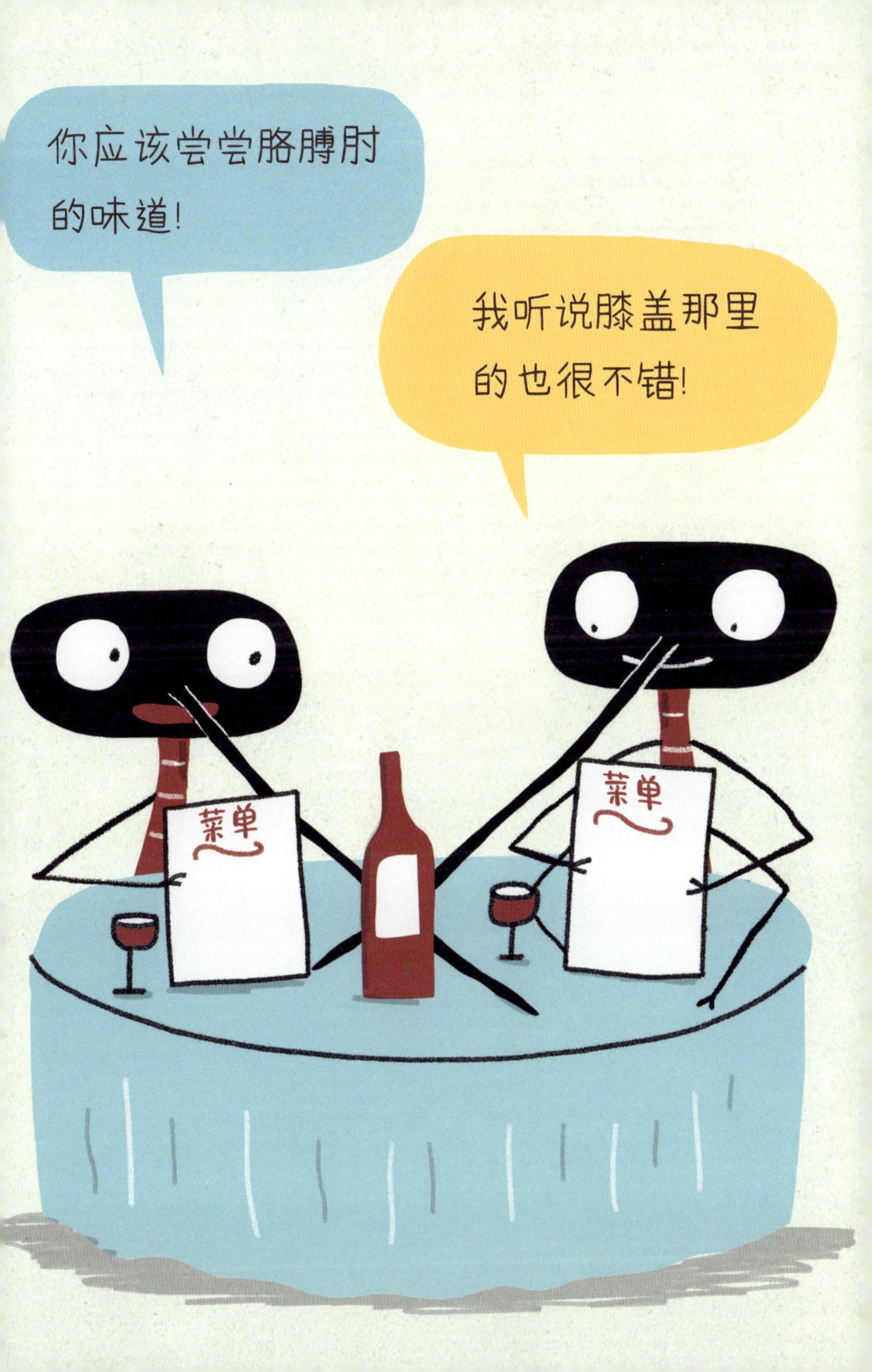
你应该尝尝胳膊肘的味道！
我听说膝盖那里的也很不错！
菜单
菜单

雌蚊子用它又长又尖的口器叮咬我们，这个口器叫作

蚊喙。
_{hui}

雌蚊子用喙刺入我们的血管，然后吸食血液。

我就像一头迷你吸血鬼大象。

嘿嘿!

蚊子不仅可以通过人体呼出的

二氧化碳

发现我们，还可以通过人体散发的热量和气味准确地找到我们。

这个人臭臭的，我闻着就饿了！

蚊子吸食血液时，会将一些

唾液

注入我们的皮肤里，这种唾液会刺激我们产生发痒的感觉。

不过，蚊子嘴巴锯齿状的针头让我们几乎感觉不到刺痛。有了这个把戏，蚊子就能在我们的巴掌扇来之前逃之夭夭！

哈哈！既没看见我，也没感觉到我的存在！

很快，人体被叮咬的地方会长出一个

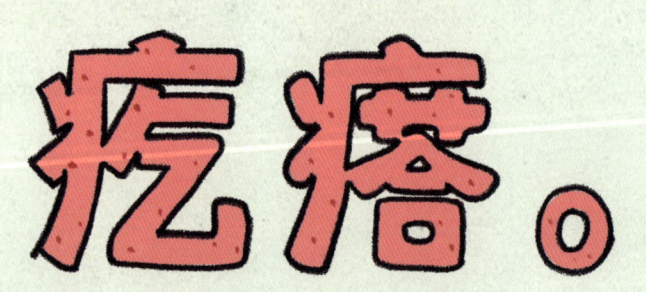

疙瘩。

这是因为我们的皮肤对蚊子的唾液有反应，从而形成一个又红又痒的疙瘩。

> 这个签名很漂亮，对吧？

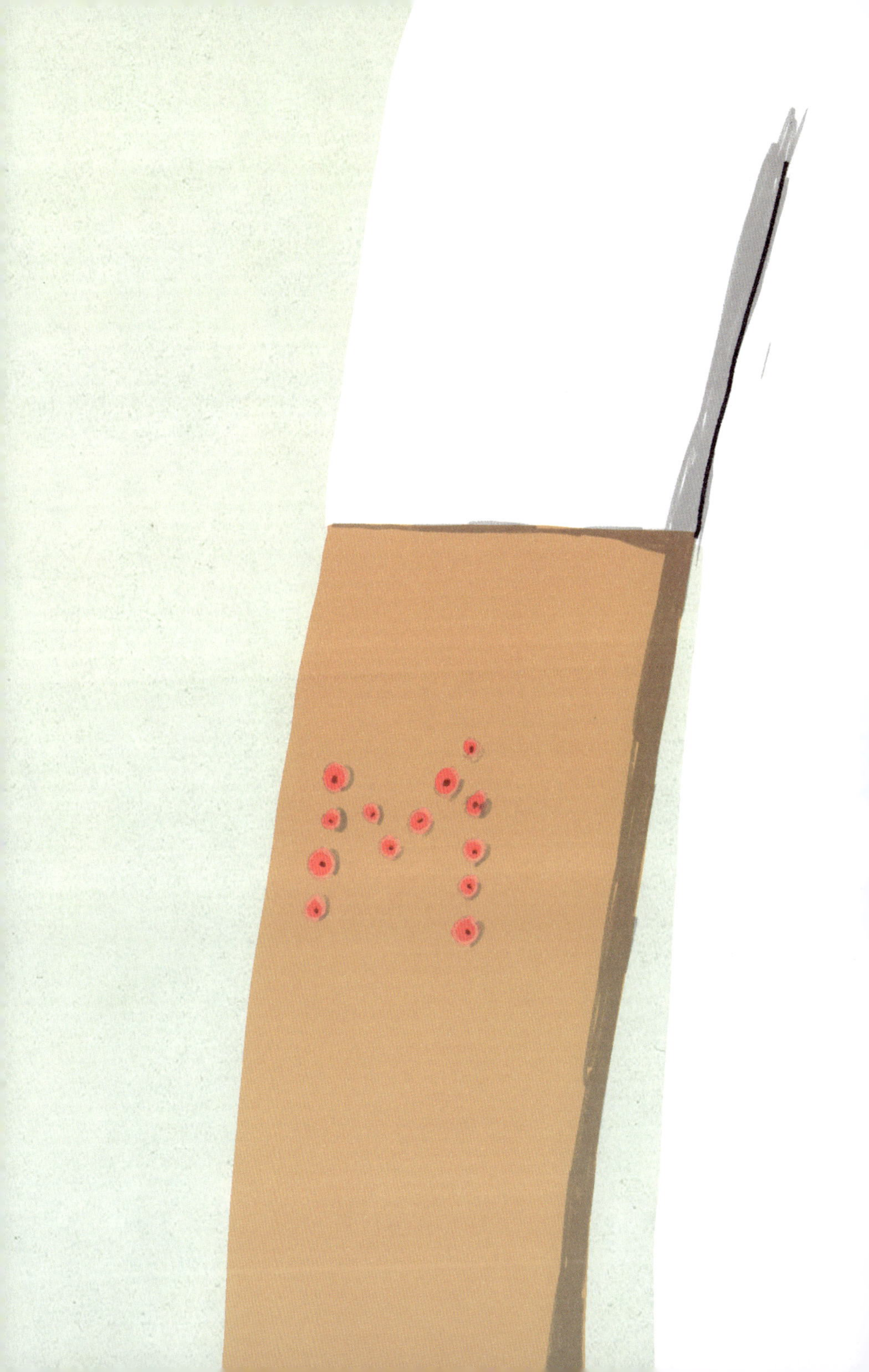

除了叮咬我们，蚊子还会发出非常烦人的

嗡嗡声，

因为它的翅膀每秒能振动300~600次。

嗡嗡嗡！

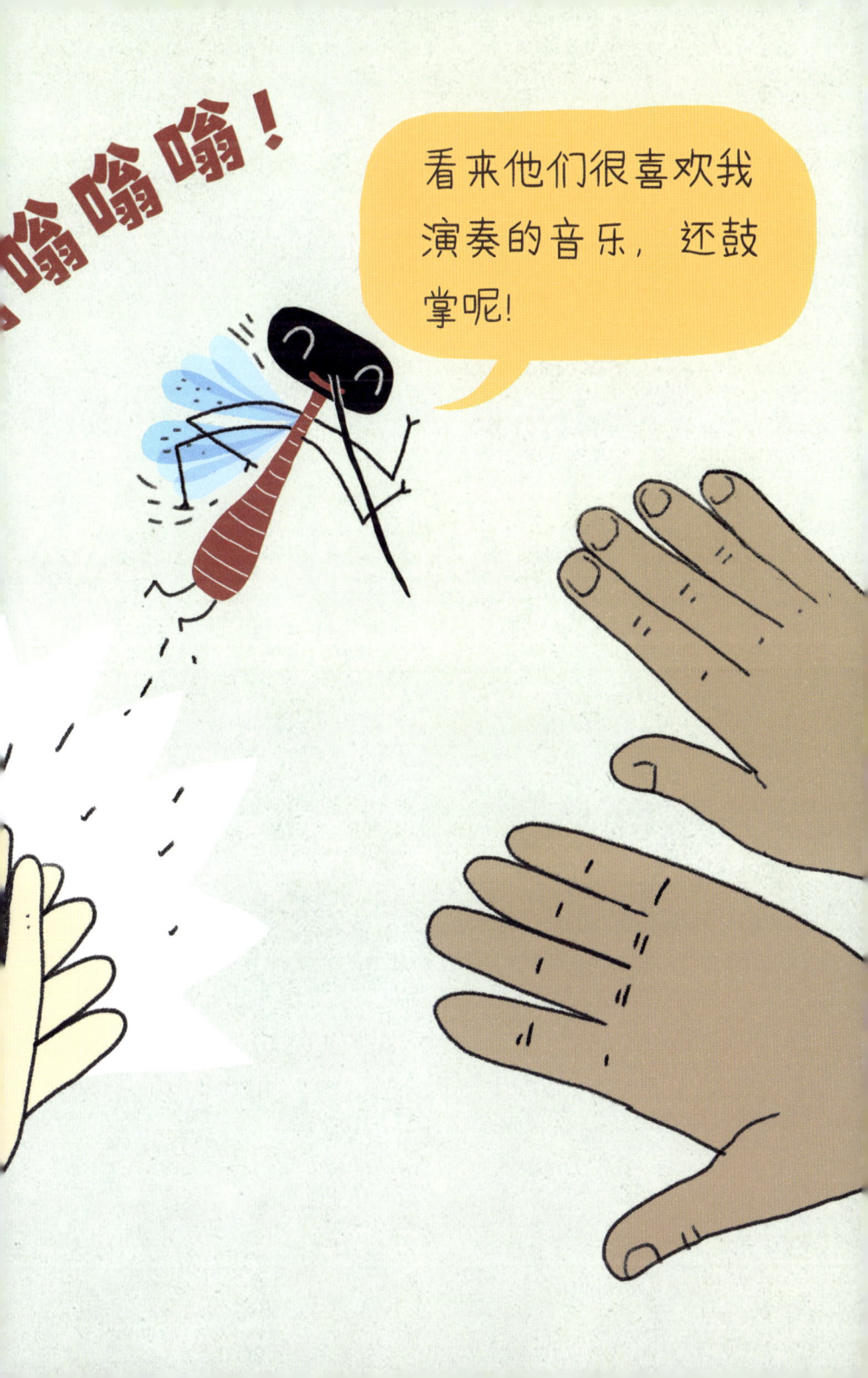

看来他们很喜欢我演奏的音乐，还鼓掌呢！

虽然蚊子的翅膀振动得很快,但它却飞得很慢,每小时只能飞2千米左右。如果所有会飞的昆虫都参加比赛,蚊子可能是

最后一名。

重在参与嘛!

① méng
牛虻

② 褐翅叶蝉

③ 天蛾

在热带地区，蚊子会传播疟(nüè)疾等比较

严重的疾病。

尽管它体形小，但对人类来说，有时它比鲨鱼和狮子还危险！

略略略！眼红了吧？

雌蚊子在水中产卵，比如小河、池塘，也可以是一个水坑或一摊积水。蚊子一生的产卵数量最多可以达到

3000粒！

亲爱的，我们在这儿真好！

没错，在这里组建家庭简直太完美了！

四季豆

蚊子的卵孵化出的幼虫也生活在水里，这些幼虫叫作

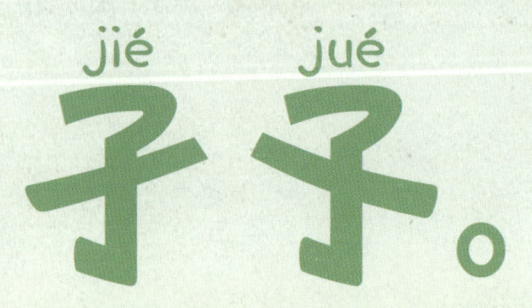

jié jué
孑孓。

孑孓长大后发育成蛹，再由蛹羽化为成蚊。然后，这些蚊子便可以继续繁殖了！看，它们很可爱吧？

四季豆

如果蚊子没有被蜘蛛、青蛙、鱼、蝙蝠等

捕食者

吃掉，它的寿命一般在几天到几个月之间。大多数蚊子都能熬过严冬，到了春天我们便会发现，它早就准备好迎接我们啦！

> 嘿，好久不见！我好想你！让我亲一口吧？

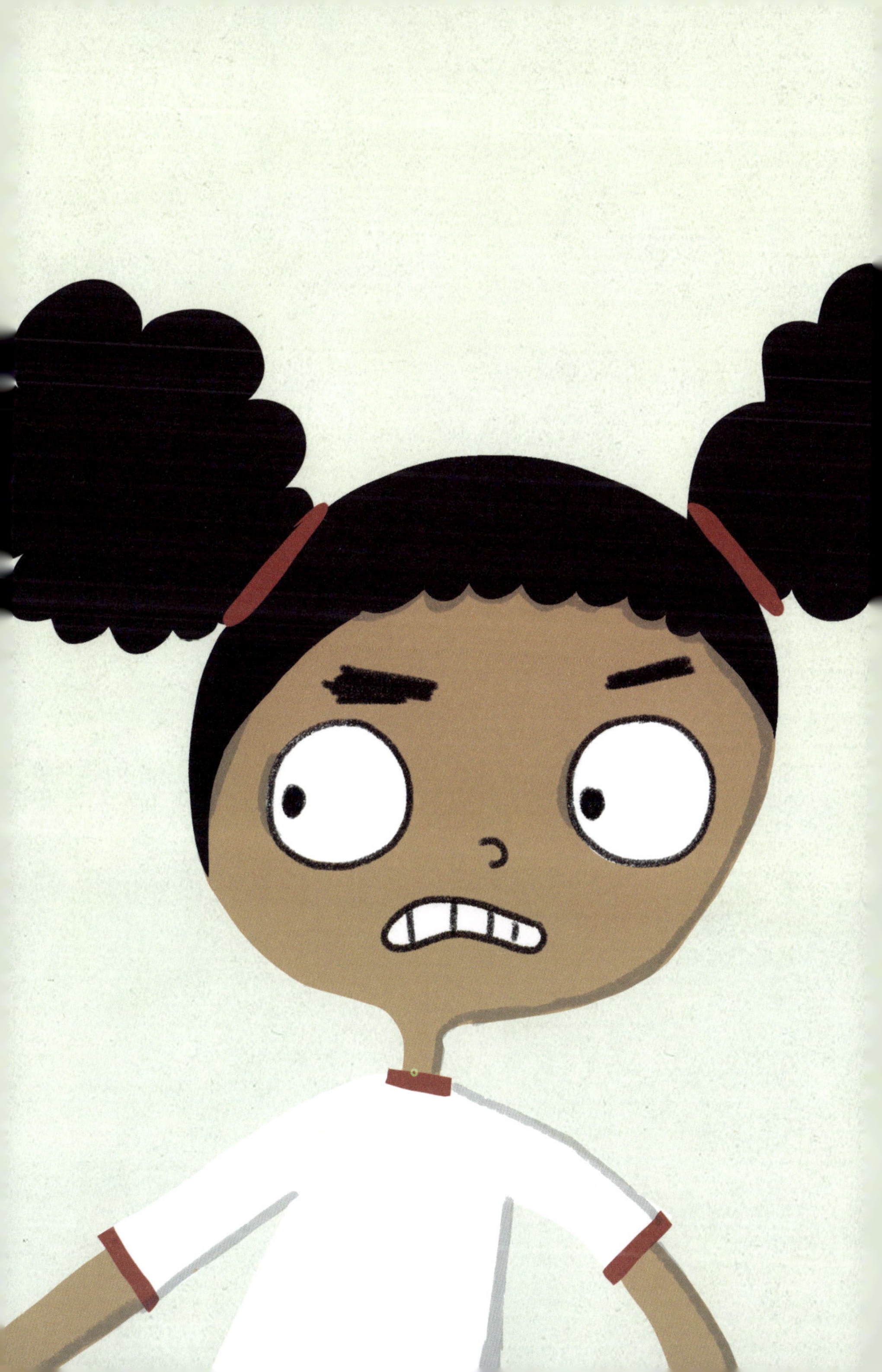

所以，如果你不想被这些"可爱"的朋友包围，请记得喷好防蚊喷雾，穿浅色的

长袖长裤。

还有，不要让你旁边的地上有积水！或者和蚊子的天敌交个朋友吧！

> 怎么啦？你不喜欢我的新帽子吗？

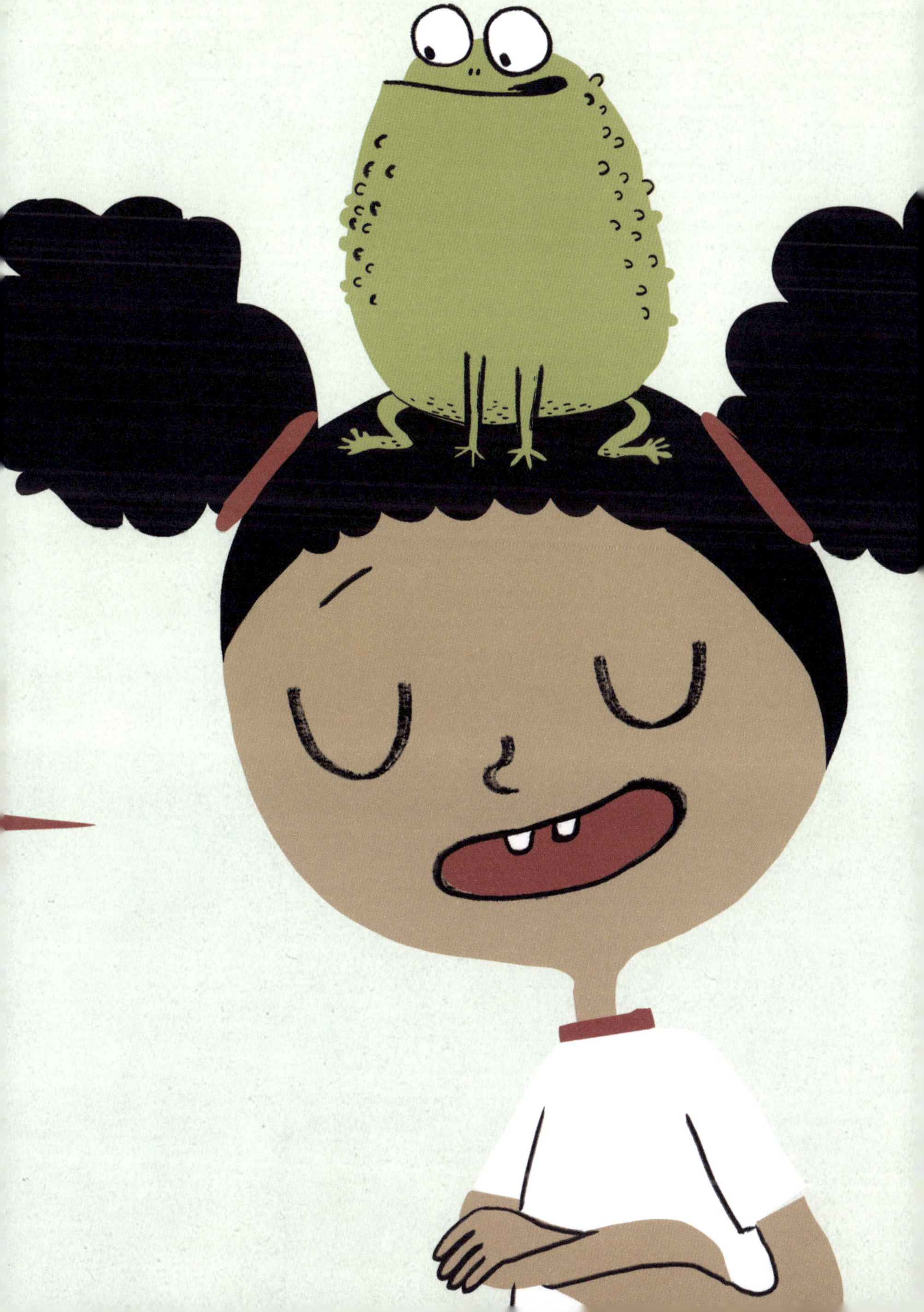

蚊子小档案

独特之处 虽然蚊子的翅膀振动得很快，但它却飞得很慢。

食物 雌蚊子吸食血液，雄蚊子以花蜜等为食。

特长 擅长隐蔽，还能在我们的巴掌到来之前逃之夭夭。

> 蚊子是你有点儿恶心的动物邻居，它真的特别烦人！
> 所以，记得喷好防蚊喷雾！